Eliane Schierer

LES ENQUETES DE SMITH ET HARD
TOME 5 et fin

Résumé

Le directeur de la société *TELTRUST*, Michael Vermont, est retrouvé assassiné par sa secrétaire, le crâne enfoncé par un objet contondant. Il devait connaître son meurtrier et ne s'est pas méfié. Aucune trace d'infraction des locaux n'est visible.

La médecin légiste, Mary Collins, constate des anomalies en autopsiant le corps de la victime. Elle a été mordue par un Cobra Royal après le coup fatal porté à la tête. Y avait-il deux assassins ? Mary découvre encore autre chose qui la rend perplexe ? De quoi s'agit-il ?

La porte d'entrée était ouverte. Comment le meurtrier ou le duo se sont-ils procurés la clé ? Est-ce que Michael avait des ennemis ? Est-ce un proche et/ou un collaborateur ou un associé ? Est-ce qu'il avait des ennuis dans sa vie privée ou à son travail? Rien n'a été volé d'après les premières conclusions de nos enquêteurs.

Nos inspecteurs Smith et Hard devront affronter, en outre, des attaques de cyber criminels qui se seraient introduits dans les systèmes de Scotland Yard à l'aide d'un «cheval de troie». Une fois de plus ils résoudront ces enquêtes avec brio mais aussi grâce à la fille de Smith, Abbigail,

qui a intégré Scotland Yard!

Prélude

Arthur Smith avait épousé Madame la Procureure Elisabeth Wingdale après son divorce d'avec Béatrice. Ils vivaient ensemble depuis 7 ans. Abbigail, la fille d'Arthur avait intégré l'école de police et travaillait comme stagiaire à Scotland Yard. Elle venait d'avoir 20 ans. Clay, le fils adoptif d'Arthur leur rendait visite tous les quinze jours. Il avait treize ans. C'était un jeune garçon plein de talents. Il excellait en peinture. Robin et Roberta s'étaient mariés. Ils avaient eu une petite fille de quatre ans du nom de Mélissa.

Un épais brouillard s'étendait sur Londres. Nous étions mi novembre, Arthur et Robin s'affairaient sur leurs dossiers en cours. Big Ben sonna 9 coups, nous étions jeudi.

Soudain le téléphone sonna. Arthur décrocha.

— Oui ? Calmez-vous Madame, surtout ne touchez à rien, c'est une scène de crime. Nous arrivons tout de suite. A quelle adresse ? 125, Big Ben Street. Bien, nous serons là dans une dizaine de minutes.

— On a une nouvelle affaire Robin ! Le directeur de *TELTRUST* a été assassiné, Michael Vermont. C'est sa secrétaire que j'ai eu au bout du fil. Allez, viens on y va.

— J'arrive.

— Juste une minute, je vais avertir encore le commandant Alistair.

Nos enquêteurs garèrent leur voiture sur le parking de la société. Une pluie fine commençait à tomber. Elle collait aux vêtements des inspecteurs.

— Bonjour Messieurs.

— Bonjour Madame Turner ?

— Oui, c'est moi qui vous ai appelé. Mon Dieu c'est affreux, Monsieur Vermont est couché dans une marre de sang. Venez-vite, je n'ai touché à rien. J'ai fermé la porte de son bureau à clé.

Au loin, on entendit la sirène d'une voiture de police qui arrivait. C'était les membres de la police scientifique, Mary, Roberta et Allan. Leur staff s'était agrandi en la personne de Shama, une jeune femme d'origine indienne qui s'était bien intégrée. Madame la Procureure Wingdale avait tenu sa promesse.

— Bonjour tout le monde, firent Arthur et Robin.

— Où est la victime ?demanda Mary.

— Venez avec moi, répondit Lana.

— Le meurtrier ne l'a pas épargné, lança Arthur. Il est couché sur le ventre. Il l'a frappé à l'arrière du crâne. Monsieur Vermont devait donc le connaître et il ne s'est pas méfié.

— Avez-vous pu constater si quelque chose avait disparu ? demanda Arthur.

— Non.

— Arthur, tu auras mes conclusions demain matin, proposa Mary. On doit tout analyser au peigne fin. J'ai quelques doutes encore. Je dois aussi faire une autopsie. Je découvrirai certainement autre chose, qui sait !?

— Merci Mary, tu peux nous confirmer une heure approximative du décès ?

— Je dirais entre trois et quatre heures du matin, d'après la rigidité cadavérique.

— C'est noté, je me demande néanmoins ce que faisait Monsieur Vermont à une heure aussi tardive dans son bureau ?

— Madame Turner, continua Arthur, connaissiez-vous des ennemis à votre patron ? Est-ce qu'il avait des problèmes de liquidités, des problèmes personnels ?

Soudain, on entendit des sifflements, devant eux se dressait un serpent.

— Tout le monde dehors, vite, je vais appeler les services sanitaires. Tu vérifieras aussi si c'est bien le serpent dont s'est servi le meurtrier pour assassiner Vermont, Mary. Quel imbroglio, d'abord un coup à la tête, ensuite une morsure de reptile !

— D'accord ce sera fait.

— Bon, à nous, Madame Turner.

— Vous savez inspecteur Smith, je ne posais jamais beaucoup de questions à Monsieur Vermont mais ces derniers temps il semblait soucieux. Quand je lui ai demandé si quelque chose n'allait pas, il m'a dit qu'il avait besoin de vacances et qu'il était très fatigué. Il semblait déçu. Il avait mauvaise mine, il n'allait pas bien du tout. Malheureusement, je ne puis vous en dire plus. Hier soir il était présent quand j'ai quitté la société vers 19 heures. Il m'a dit que je pouvais rentrer à la maison, qu'il avait encore des travaux urgents à terminer et qu'il passerait certainement la nuit au bureau. Cela lui arrivait de temps en temps.

— Pouvez-vous nous faire une liste de ses adjoints et collaborateurs, nous serons amenés à les interroger. Nous devrons aussi passer chez son épouse, merci de veiller à ce que personne ne touche à quoi que ce soit. Veuillez m'excuser, je dois maintenant appeler Madame la Procureure pour un mandat de perquisition, c'est la routine.

Arthur s'éloigna un court instant.

— Voici l'adresse de Madame Vermont, je suppose que voulez y aller d'abord ? Quand vous reviendrez, j'aurai terminé votre liste. Je dirai à notre personnel de ne pas sortir et de vous attendre.

— Merci Madame Turner. A tout à l'heure.

Soudain, on sonna à la porte d'entrée.

— Bonjour Monsieur ?

— Je suis Ray Melchior de la brigade financière. J'ai un mandat de perquisition signé par Madame la Procureure.

— Merci Ray, je te revaudrai cela, s'exclama Arthur. Elisabeth m'a confirmé que le commandant Alistair l'a contacté ; ensuite, il t'a demandé d'aller le récupérer pour nous éviter de perdre du temps.

— Venez Messieurs, répondit Turner, vos collègues de la police scientifique sont ici. Je vais vous montrer aussi l'ordinateur de Monsieur Vermont.

— Merci Madame, je suis censé analyser tous les ordinateurs de votre entreprise.

— Faites votre travail, nous n'avons rien à cacher.

— Bonjour tout le monde, alors qu'avez-vous découvert ? s'écria Ray.

— La victime a subi un choc violent par un objet contondant, derrière la tête. Nous pensons néanmoins que le vrai coupable est un serpent. Il se trouve encore dans le bureau. Je suppose que le meurtrier a pris peur et, dans la précipitation, il n'a pas capturé son reptile. Nous attendons les services sanitaires pour cela. La mort était instantanée, répondit Mary Collins. Je vous remettrai mon rapport d'autopsie au plus vite. Ah, j'entends les collègues arriver. Alan, Shama, Roberta, vous pouvez continuer dès qu'ils auront attrapé le cobra, je me rendrai à l'institut médico-légal après l'arrivée du corbillard.

— Sans problèmes, Mary.

Arthur et Robin s'arrêtèrent tout près de Westminster Abbey. Une ancienne maison de style victorienne se trouvait devant eux. Sur la pelouse un jardinier plantait des vivaces, un second tondait le gazon. Pour un mois de novembre c'était plutôt rare ! Un jeune homme d'une vingtaine d'années leur ouvrit la porte.

— Bonjour, nous sommes de Scotland Yard, voici nos insignes. Pouvons-nous entrer un moment, s'il-vous-plaît ?

— Bonjour, je suis Jason Vermont. Mais pourquoi Scotland Yard vient-il nous voir ? Entrez je vous en prie.

— Messieurs, fit une voix de femme stridente, que se passe-t-il ? Qui êtes - vous ?

— Bonjour Madame Vermont, voici l'inspecteur Hard, je suis l'inspecteur en chef Arthur Smith. Nous avons une mauvaise nouvelle à vous annoncer.

— Mais quelle nouvelle ? S'agit-il de mon mari ? Il n'est pas rentré hier soir, il m'avait téléphoné de son bureau pour dire qu'il dormirait là bas. Apparemment, il avait un travail urgent à terminer, cela lui arrive de temps à autre donc je ne me suis pas inquiétée. Dans la télécommunication, la concurrence est rude, vous savez.

Madame Vermont devait frôler la cinquantaine. Elle portait de longs cheveux blonds. Elle était habillée d'un pantalon en tweed marron, d'un chemisier blanc et d'une veste sans manches de couleur marron.

— Je suis désolé, continua Smith, mais votre mari a été assassiné.

— Comment ? Ce n'est pas possible, mon mari avait des défauts comme tout un chacun or il n'avait pas un caractère détestable à ce point pour que quelqu'un souhaite sa mort. Oh, je me sens mal. J'ai la tête qui tourne. De quelle manière l'a t'on supprimé ?

— Il a d'abord reçu un coup porté à la tête, ensuite nous avons découvert un serpent dans son bureau, celui-ci l'aurait apparemment mordu. Nous n'avons pas encore reçu les conclusions de l'autopsie.

— Voulez – vous que l'on appelle un médecin de Scotland Yard, il pourra vous aider ?

— Je veux bien, merci.

— Je vais appeler Madame Evelyne Hanson. Savez-vous qui pouvait en vouloir à votre époux ? Avait-il découvert des irrégularités au sein de son groupe de travail ou dans des documents ?

— Mon mari semblait préoccupé depuis un moment. Il avait les traits tirés et un rien le faisait bondir. Il ne m'a jamais rien dit, juste une fois, il a sorti une phrase qui est restée gravée en moi : «A qui dois-je faire confiance dans ma vie, je l'ignore. Les gens ne font que me décevoir» !

— Quand je lui ai demandé ce qu'il insinuait et de qui il voulait parler, une larme avait coulé sur ses joues, puis il a quitté la pièce. Je ne lui ai plus posé de questions, pourtant maintenant, je m'en veux de ne pas avoir insisté.

— Votre mari avait peut-être à faire à un maître chanteur, nous allons le découvrir, répondit Arthur. Nous ferons du mieux possible pour découvrir le meurtrier de votre époux.

— Je l'espère.

— Ah voilà Madame la docteur Hanson. Quand vous irez mieux, vous pourriez m'appeler à ce numéro, on conviendra d'un rendez-vous pour vous faire signer votre déposition et vous prendre votre *ADN*. Ceci est nécessaire pour vous éliminer de la liste des suspects.

Cela n'a rien de personnel. Etiez – vous toute la soirée à la maison hier ?

— Oui, j'étais ici avec mon fils, il pourra le confirmer. Il a été se coucher vers minuit.

— Quand est-ce que je pourrai disposer du corps de mon mari ?

— Notre institut médico-légal devra procéder à une autopsie aujourd'hui. Dès qu'ils auront terminé, ils vous contacteront et vous aideront pour l'organisation de l'enterrement, n'ayez crainte.

— Quand vous viendrez nous trouver, merci de nous ramener une liste des amis de votre mari.

— Bonjour Docteur Hanson, nous allons vous laisser avec votre patiente.

— Bonjour Madame, Messieurs. Merci.

— Jason est-ce que l'on pourrait vous poser quelques questions, continua Smith.

— Oui, bien sûr mais je ne sais pas si je pourrais vous aider ? Maman vous a tout dit. Nous sommes montés nous coucher vers minuit.

Devant eux se tenait un jeune homme d'une vingtaine d'années. Il portait un jeans de couleur bleue et une chemise en tweed gris clair avec un gilet bleu foncé. Des lunettes noires ornaient un nez fin.

— Rappelez-vous si votre père vous a raconté quelque chose sur son travail ? Avait-il des ennemis ?

— J'ai l'impression qu'un de ses amis ou collaborateurs l'a trahi. Malheureusement, il n'a pas voulu en dire davantage, dommage.

Vous savez, je n'ai jamais eu l'intention de travailler dans son entreprise.

— Quel métier choisirez – vous ? demanda Smith.

— Je voudrais ouvrir une galerie d'art dans quelques mois avec un ami qui est artiste tout comme moi, je suis des cours au *Royal College of Art*.

— Que pensaient vos parents de votre choix ?

— Oh maman, cela lui plaît, elle adore l'art, les tableaux. Elle possédait une galerie avec ses parents qu'elle a vendu avant d'épouser papa. Elle peignait aussi. Quant à mon père, il m'a dit un jour que c'était mon choix et si j'étais heureux, c'était cela le plus important. Il a financé aussi mes débuts mais je pense néanmoins qu'il était déçu que je ne continue pas dans sa voie. J'ai vu que ses yeux reflétaient la tristesse.

— C'est une excellente attitude de votre père, lança Smith, que de vous laisser le libre arbitre sur votre vie professionnelle.

— Papa était très respectueux, je ne comprends toujours pas qui pouvait lui en vouloir pour souhaiter sa mort ?

— Nous ferons tout notre possible pour retrouver le meurtrier. Quand votre maman ira mieux, vous passerez chez Scotland Yard pour signer votre déposition, s'il-vous-plaît ? Elle a déjà ma carte. Ah, je lui ai demandé également une liste avec les noms de ses amis. Nous ne devrons négliger aucune piste.

— D'accord, on vous appellera. En ce qui concerne ses amis, je pense qu'il n'en a pas beaucoup.

— Merci, bon courage à vous, fit Smith.

A peine les enquêteurs étaient-ils arrivés près de leur voiture que le portable de Smith sonna.

— Ah Abbigail, tu t'ennuies ?

— Oui papa, quand est-ce que je pourrais venir enfin sur le terrain avec vous. J'en ai marre du classement, des dépositions qui se ressemblent et cela depuis 11 mois. Tu as raison, je m'ennuie à mourir.

— Je comprends Abbi mais c'est ainsi pour tous les stagiaires chez Scotland Yard. L'année prochaine tu auras l'opportunité de nous accompagner sur le terrain, sois patiente, l'année en cours est bientôt terminée. Je ne peux pas faire d'exception pour ma fille, je regrette ma chérie.

— Très bien, je prends mon mal en patience. Ou est-ce que vous allez déjeuner, papa ?

— Robin, Abbigail nous demande où nous allons manger ?

— Si vous êtes d'accord je vous propose la brasserie française *«AU COQ D'OR»*. On y mange très bien et ce n'est pas trop cher.

— Tu as entendu Abbi, nous t'appellerons et tu pourras venir au *COQ D'OR*. Il est sur Trafalgar Square.

— Merci papa, Robin à tout à l'heure.

— Oh, je crois que ta fille en a un peu marre du bureau.

— Je sais or même si c'est ma fille, elle fera comme tous les autres stagiaires. Elle ne peut pas en faire qu'à sa tête, nous avons fait pareil tous les deux.

— Oui Arthur mais elle te ressemble, je pense qu'elle veut nous aider, ahahaha.

— Je me rappelle quand elle avait 12 ans, quand j'étais encore marié à Béatrice. Elle décrochait déjà souvent le téléphone avant moi ou sa mère. Un jour, je l'ai surprise en train de poser plein de questions au commandant Alistair. J'ai dû étouffer mes rires. Clay lui, pense et réagit déjà comme un artiste. C'est un gentil petit bonhomme mais il a l'air toujours ailleurs. Je suis certain qu'il trouvera sa voie lui aussi.

— Abbigail, je me rappelle qu'elle m'aimait beaucoup, répondit Robin.

— Oui, elle m'avait dit un jour qu'elle adorerait épouser un homme tel que toi !

— Et Mélissa ? Je pense que tu es à sa merci ?

— Oh Arthur, elle est adorable mais elle sait ce qu'elle veut. Entre Roberta et elle, je ne m'ennuie pas.

— On va retourner chez *Teltrust* pour interroger les actionnaires en plus des employés de la victime, dit Arthur.

— D'accord, j'espère que Ray va trouver quelque chose, sait-on jamais ?

— Je suis d'accord avec toi Robin or il se pourrait aussi qu'on doive perquisitionner le domicile du défunt. Je n'ai rien dit à sa famille pour ne pas les effrayer ou que certaines preuves puissent disparaître. Pour l'instant, rien n'accuse ni son épouse ni son fils mais rien ne les disculpe non plus.

Les enquêteurs se dirigèrent à nouveau en direction de *Teltrust*. Le portable d'Arthur se mit à sonner.

— Ah c'est toi Mary ? Déjà, dis-donc tu es vraiment très rapide ! Chapeau !

— Oui Arthur, Vermont est effectivement mort d'une morsure de Corbra Royal. Il avait un tout petit point sur sa jambe droite. A vous donc, de découvrir qui est le propriétaire de cette arme fatale, désolée de devoir m'exprimer de la sorte. C'est plutôt la main humaine qui en est l'auteur. J'ignore cependant pourquoi le meurtrier voulait maquiller ce meurtre en lui fracassant la tête. Dans tous les cas, ce qui est sûr, c'est qu'il sait manipuler les serpents.

— Imagine un instant, s'il y avait deux meurtriers, dont le second aurait terminé le travail du premier ? lança Arthur

— Cela se tient, rétorqua Mary. Néanmoins, le tueur a fait une énorme erreur en laissant le serpent sur le lieu du crime.

— Combien de temps l'humain peut-il résister avant de succomber ? reprit Arthur.

— Vingt milligrammes suffisent pour tuer une personne, répondit Mary. Il a peut-être vécu encore une heure tout au plus mais dans d'affreuses souffrances. Je me suis documentée avant de t'appeler. Or chose étrange, j'ai trouvé des traces d'hormones féminines très élevées dans le corps de Vermont. C'est incompréhensible !

— Merci Mary pour tes conclusions.

— J'ai suivi la discussion, j'ai l'impression que nous avons affaire à un homicide des plus perfides, lança Robin.

— Il se pourrait bien évidemment qu'ils soient deux à souhaiter la mort de Vermont. Les motifs pourraient être multiples.

— Ensuite, cette histoires d'hormones ! Quel rapport avec son assassinat ?

Le portable d'Arthur sonna une fois de plus.

— Monsieur Alistair, oui nous sommes en train de nous rendre chez *Teltrust* pour les interrogations. On est déjà passés chez son épouse et son fils. Mais vous avez l'air très nerveux, que se passe-t-il ? Quoi ? des cybercriminels . Ciel, pourtant nous avons les mesures de sécurité les plus élevées au niveau national. Comment Abbigail est au travail de plus sur mon ordinateur? Ah, oui j'avais oublié son stage dans une société en la matière, heureusement. Elle travaille avec Sacha, oui je le connais, il est excellent pour résoudre des problèmes de taille. C'est lui qui s'occupe des mots de passe et des problèmes techniques. Dès que nous aurons terminé, nous rentrerons. A tout de suite.

— Que se passe-t-il Arthur ? tu es blanc comme un linge.

— Scotland Yard a été piraté par un criminel. Abbigail et Sacha sont en train de limiter les dégâts.

— Comment Abbigail, elle s'y connaît ?

— Oui, elle a travaillé dans une société de protection des données, ensuite elle a suivi des cours avant d'intégrer Scotland Yard. J'espère que ce duo bien intentionné résoudra le problème. Il ne nous manquait plus que cela. Notre déjeuner sera pour une autre fois. D'ailleurs, je commence à avoir faim. Viens, allons nous chercher des *fish and chips.* Il y a un stand de l'autre côté.

— Je suis scotché, lança Robin, ta fille est habile, nom d'une pipe.

— Oui mais ce n'est pas dit qu'elle et Sacha trouveront une solution.

— Moi je suis convaincu qu'ils vont réussir.

— J'espère que tu as raison, Robin.

— Bon appétit !

— A toi aussi !

— Viens Robin, on s'assied dans la voiture, il commence à pleuvoir.

— Ah, décidément, il y a des jours où je souhaiterais jeter mon portable dans la Tamise !

— Allô Abbigail, oui je sais que tu es très occupée, bravo pour ton courage. Salue Sacha de notre part, nous sommes certains que vous allez réussir. Nous irons déjeuner une autre fois, pour l'instant tu mangeras un sandwich à la cantine. Nous devons retourner chez *Teltrust*. Bisous, à plus tard.

— Bonjour Messieurs, fit Lana Turner. Voici la liste de notre personnel, comme vous me l'aviez demandé. Monsieur Vermont travaillait avec deux actionnaires : Charles Hampton et Rüdiger Meinhard.

Le premier est Sud-Africain et possède 30 pour cent de *TELTRUST* le second est allemand et possède 20 pour cent de la société.

— Donc les 50 pour cent restants appartenaient à votre supérieur.

— Oui, exactement. Il y a également Monsieur Joshua Weiss, un anglais qui était son associé. Pour les autres personnes, ce ne sont que de simples employés, néanmoins, je leur ai dit de rester à votre disposition.

— Bon travail, remarqua Robin, merci beaucoup.

— Attrapez-vite celui qui a éliminé Monsieur Vermont, Messieurs.

— Nous ferons tout notre possible Madame Turner.

— Pourriez-vous dire à Messieurs Hampton, Meinhard et Weiss de se tenir prêts, nous aimerions les interroger.

— Pas de soucis, je m'en charge. Je vous ai réservé la salle de réunion, je vous ramènerai du café.

— Merci Madame Turner. Elle s'éloigna.

— Elle est très compétente je trouve, elle essaie de nous aider. C'est une source d'informations, fit Robin.

— Oui effectivement, elle me fait penser à *Miss Moneypenny* dans James Bond, ahahaha, lança Arthur.

— Bonjour Messieurs, je suis Charles Hampton.

— Bonjour, voici Robin Hard, je suis Arthur Smith de Scotland Yard. Nous vous présentons nos sincères condoléances.

Devant eux se tenait un jeune homme d'une trentaine d'années vêtu d'un costume en tweed gris.

— Merci Messieurs, en effet, c'est un choc pour *TELTRUST*. Je ne comprends toujours pas qui a pu en vouloir à Michael. Ce n'était pas quelqu'un qui cherchait des problèmes aux collègues. Ces derniers temps, il était plus irrité que d'habitude. Je lui ai demandé ce qui n'allait pas, il m'a juste répondu qu'il était fatigué et que quelques jours de repos lui feraient du bien.

— Vous nous dites que la victime était du genre empathique, pourtant quelqu'un s'en et pris à lui, reprit

Robin. Il s'était même plaint indirectement à son épouse en lui disant qu'il ne pouvait plus faire confiance à personne, sans évoquer plus de détails. Avant ou après le coup fatal porté à la tête quelqu'un a glissé un cobra royal dans son bureau et celui-ci l'a mordu.

— Vous pensez qu'une personne de son entourage lui en voulait ? Horrible cette histoire avec ce serpent.

— On l'ignore pour l'instant, répondit Robin, l'enquête ne fait que débuter.

— Pourriez-vous nous dire où vous étiez cette nuit entre trois et quatre heures du matin ? Ne vous inquiétez pas, ce sont des questions de routine pour vous rayer de notre liste de suspects.

— J'étais dans mon lit seul, endormi, hélas je ne puis vous en dire plus. Je n'avais aucune raison de faire du mal à Michael, nous avions de bonnes relations. Je me souviens maintenant, j'ai entendu une dispute en dessous de ma fenêtre aux environs de 4 heures. Deux personnes qui avaient bu, se chamaillaient. Je me suis donc levé et j'ai fermé la fenêtre. J'ai reconnu les deux gars, ils travaillent dans la boulangerie en face de chez moi. Quand ils m'ont vu, ils sont partis.

— Nous allons vérifier vos dires Monsieur. Vous viendrez demain avec Messieurs Meinhard et Weiss signer votre déposition, disons à 9 heures. Merci.

— Bien sûr, trouvez vite celui qui a supprimé Michael.

— Bonjour Messieurs, fit une voix avec un accent allemand. C'était celle de Rüdiger Meinhard. Il était vêtu d'une chemise blanche et d'un jean bleu foncé. Il devait frôler la quarantaine.

— Toutes nos condoléances pour la perte de votre actionnaire, annonça Smith.

— Merci, vous êtes de Scotland Yard ?

— Oui, voici mon collègue Robin Hard, je suis Arthur Smith.

— Pouvez-vous nous décrire un peu plus Monsieur Vermont.

— Michael était d'origine canadienne. Ses parents sont venus de Montréal s'installer à Londres quand il était enfant. Il était sympathique et jovial ; quand il y avait des discordances entre nous trois, il essayait toujours d'arrondir les angles. Lui, détenait 50 pour cent des parts de la société, je possède 20 pour cent et Charles le restant, 30 pour cent.

— Nous sommes au courant, répondit Robin.

— Avez-vous remarqué un changement d'humeur ou un comportement étrange ces derniers temps ? questionna Arthur.

— Michael était plus nerveux que d'habitude depuis une quinzaine de jours. Il avait les yeux cernés. Quand je lui ai demandé ce qui n'allait pas, il m'a répondu qu'il avait besoin de vacances. J'étais persuadé qu'il me cachait la vraie raison de ses soucis. Il n'était pas dans son assiette, cela se sentait et se voyait.

— Où étiez-vous la nuit dernière entre trois et quatre heures du matin ? Monsieur Meinhard.

— Comment, fit Rüdiger, vous me suspectez maintenant, elle est bonne celle là !

— Nous ne faisons que notre travail et essayons de vous rayer de la liste des suspects, rajouta Robin.

— J'étais dans mon lit, avec Stella mon épouse. Attendez, je vous note son numéro de téléphone, elle pourra vous confirmer mes dires. Excusez mon irritabilité mais c'est compréhensible. Tout le monde est sur les nerfs aujourd'hui. Est-ce vrai que Michael a été mordu par un cobra royal, Charles vient de me le raconter à l'instant ?

— Oui, c'est exact. Nous comprenons votre nervosité, fit remarquer Arthur. Merci de vous présenter avec Messieurs Hampton et Weiss en nos locaux demain à 9 heures pour signer votre déposition.

— D'accord, j'y serai.

A peine le témoin sorti, ce fût Robin qui prit la parole.

— Pourquoi on ne leur demande pas s'ils savent manipuler des serpents, Arthur ?

— Ce serait leur mettre la puce à l'oreille si jamais ils étaient coupables car même s'ils savaient le faire, cela ne fait pas d'eux des meurtriers. Je vais charger Wilder et Benson de vérifier leurs parcours professionnels respectifs, t'inquiète Robin.

— Sur quelle affaire travaillent-ils ?

— Sur le cambriolage de la banque *SAMBA*.

On frappa à la porte. Ce fût Joshua Weiss qui entra. Il portait des chaussures haut de gamme, un costume bleu foncé, taillé sur mesure et une chemise blanche. Il frôlait la quarantaine.

— Bonjour Messieurs, je suis Joshua Weiss, comment puis-je vous aider ?

— Nos sincères condoléances, Monsieur Weiss. Voici mon collègue Robin Hard, je suis Arthur Smith. Nous aimerions savoir si vous aviez remarqué un changement de comportement de Monsieur Vermont ces derniers temps ?

— Michael avait les traits tirés depuis deux semaines. Il m'avait dit qu'il avait du mal à dormir et qu'il avait besoin de vacances. Vous savez, nous sommes une firme spécialisée dans l'informatique et nous devons aussi affronter la concurrence, donc les conditions de travail étaient souvent stressantes. Nous aimons ce que nous faisons, c'est un travail intéressant, les innovations sont souvent surprenantes. Je viens d'apprendre à l'instant que la main humaine avait introduit un serpent dans le bureau de Michael et que ce dernier l'a mordu.

— Oui c'est exact. Où étiez-vous cette nuit entre trois et quatre heures du matin ?

— En voilà une question, si c'est pour mon alibi, c'est raté, j'étais en train de dormir, Messieurs. J'ai été réveillé par mon voisin, Paul Young. Il cherchait son chat, en pleine nuit, faut le faire ! Je suis sorti pour l'aider.

— Nous allons l'interroger. Ne vous inquiétez pas c'est pour vous rayer de la liste de nos suspects.

— Je comprends, trouvez vite celui qui a tué Michael, c'est incompréhensible.

— Auriez-vous l'amabilité de vous présenter demain matin à 9 heures avec Messieurs Hampton et Meinhard dans nos bureaux ?

— Bien sûr, j'y serai. Au revoir Messieurs.

A peine le témoin était-il sorti que Shama frappa à la porte.

— Alors Shama as-tu quelque chose de nouveau à nous apprendre ? Quelles sont tes conclusions ?

— Nous avons retrouvé la première arme du crime en fouillant les poubelles ; c'est un vase de la dynastie Ming. Il vaut une fortune. Il n'y avait que des traces partielles d' ADN dessus, ainsi que le sang de la victime. Sous l'emprise de la colère, le meurtrier a dû prendre le premier objet qu'il a trouvé pour supprimer Monsieur Vermont ;malheureusement pour lui, il n'a pas réussi à enlever toutes ses traces. Nous allons vérifier l'ADN des personnes que vous allez interroger.

— Merci Shama, bon travail. A tout à l'heure.

— Elle travaille bien, lança Robin, Roberta et Alan sont contents qu'elle ait été embauchée.

— Tu as raison, donc, que doit-on en déduire Robin ?

— L'attaque avec le vase Mingh n'était pas prémédité. La morsure de serpent oui.

— Exact, pourtant, comment expliquer qui a introduit le cobra dans le bureau ?. On peut supposer aussi que les deux meurtriers n'avaient rien en commun ? Peut-être que Vermont n'était pas encore décédé quand la deuxième personne est entrée dans le bureau ? Il a peut-être profité de l'occasion pour l'achever ? Ou bien le contraire, la victime a d'abord été mordue par le serpent, ensuite seulement, on lui a fracassé la tête !

— Cela se tient, répliqua Robin, il faudra néanmoins prouver nos conclusions. Je pencherai pour la première option.

— T'inquiète Robin, l'enquête débute seulement.

Nos inspecteurs interrogèrent encore les autres membres du personnel. Malheureusement, ils ne leur en apprirent pas plus. Soudain le portable de Robin sonna.

— Oui Roberta, non, nous n'avançons pas vraiment. Tu es retournée au laboratoire avec tes collègues ? Est-ce que Alan a découvert quelque chose pour nous aider ? D'accord, on attendra ses conclusions.

— Oh cela m'énerve Arthur, on n'a pas la moindre piste !

— Robin, reste calme ni Wilder ni Benson ni Alan ne nous ont encore contacté. Je suis presque certain qu'ils trouveront des preuves.

Le téléphone de Smith sonna.

— Oui bien sûr Madame Vermont, vous pourriez passer demain vers 10 heures ? Est-ce que notre médecin a pu vous aider ? Très bien. Même s'il n'y a qu'un nom sur votre liste, ce n'est pas grave.

— Bien Robin, rentrons au bureau, je ne pense pas que nous allons découvrir quoi que ce soit aujourd'hui. Pour Vermont, il n'avait qu'un ami, pas étonnant avec ce travail, il n'avait pas beaucoup de temps pour sa vie privée.

— Bonsoir Monsieur Alistair !

— Bonsoir Messieurs. Alors comment avance l'enquête ?

— Nous venons d'interroger les actionnaires, l'associé de Monsieur Vermont et le personnel. Rien d'anormal. Nous devons attendre encore les conclusions d'Alan et celles de Wilder et Benson,

— Qu'avez-vous confié à Wilder et Benson ?

— Nous aimerions savoir si un des deux actionnaires, ou associé savent manipuler les serpents ?

— Je suis d'accord avec vous or cela ne prouve pas forcément qu'il a tué Vermont, souligna Alistair.

— Oui peut-être mais j'aimerai approfondir cette piste, ensuite, si elle s'avère erronée, nous en exploiterons d'autres.

— Pour Ray, nous devons patienter car l'entreprise emploi 15 personnes. Shama le soutien, c'est bien d'avoir un membre polyvalent dans la police scientifique. Roberta et Alan vont assister à des cours de comptabilité et d'informatique ainsi ils pourront aussi l'aider. Je pense que l'on devrait embaucher une personne supplémentaire car il n'a pas de remplaçant officiel.

— C'est une excellente idée, Arthur. Je vais m'arranger avec le commissariat de Brixton. Si Ray a besoin d'assistance, il en aura. Comme d'habitude, je vous fait confiance à tous les deux. Nous ne sommes qu'au premier jour de l'enquête, je ne puis donc pas vous demander des miracles. Etonnant cependant que la victime ait été assassinée deux fois, c'est le moins que l'on puisse dire. Que faisait Vermont à une heure aussi tardive seul au bureau ?

— C'est étrange, oui Monsieur le commandant, je vous le concède, reprit Arthur. Il avait averti son épouse qu'il resterait travailler la nuit. Il va falloir qu'on creuse encore un peu plus. Nous allons préparer les dépositions pour demain. J'ai demandé à sa femme de nous ramener une liste des amis du défunt. Elle ne contient qu'un seul nom cependant nous allons l'interroger aussi. Ah, encore une chose, comment est-ce que Sacha et Abbigail avancent sur le «pirate» qui voulait dérober nos informations ?

— Tous deux se sont bien débrouillés. Ils ont pu neutraliser le «cheval de troie» à partir de votre ordinateur.

— Qui a pu me faire cela ?

— Aviez-vous téléchargé un fichier ou fait installer un nouveau programme sur votre ordinateur Arthur ?

— Oui, je me souviens, j'ai reçu un mail hier de Madame La Procureure or quand je l'ai ouvert, j'ai vu qu'il ne provenait pas d'elle. Tout était comme ceux que je reçois normalement du Palais de Justice à une différence près, il y avait un drapeau américain sur le site au lieu de l'anglais ! Hélas ! c'était déjà trop tard, je l'avais ouvert. Après, je n'ai plus fait attention, dommage, j'aurai dû !

— Vous l'avez encore ?

— Je l'avais mis à la poubelle et effacé.

— Bonsoir, fit une voix féminine.

— Ah Abbigail, s'exclama Alistair.

Elle fit un clin d'oeil à son père et commença :

— Monsieur l'inspecteur en chef, j'ai pu récupérer les données de votre poubelle sur votre ordinateur. Sacha a vérifié l'adresse IP, le pirate demeure aux USA. Nous avons donc contacté le FBI et ils recherchent activement l'auteur de ce «cheval de troie». J'espère qu'il n'a pas changé d'adresse IP entretemps.

— Je serai plus vigilant à l'avenir, promis.

— Soyez sans crainte, tout est sous contrôle. Les autres ordinateurs ne sont pas infectés, heureusement. Je suis certaine qu'ils vont trouver le coupable.

— Je confirme, répliqua Sacha, qui venait d'entrer.

— Bravo à vous deux, lança Alistair. Vous êtes les nouvelles stars de l'informatique de Scotland Yard.

— Merci beaucoup Abbigail, répondit Arthur. On se voit plus tard, on doit encore terminer nos rapports.

— D'accord, à ce soir, papa.

— Bonne soirée, Messieurs, à demain, dit Alistair.

— A vous aussi, à demain, mon commandant !

Soudain, Ray entra dans le bureau des inspecteurs.

— Ray, oui nous t'écoutons, qu'as - tu découvert ?

— Vous ne devinerez jamais ce que j'ai trouvé dans l'ordinateur de notre victime. Monsieur Vermont voulait changer de genre et se faire opérer. C'était une personne transgenre.

— Mary nous avait dit qu'elle avait trouvé des traces élevées d'hormones féminines donc maintenant, on comprend mieux. J'avais déjà mes soupçons mais pas assez de preuves. J'ai lu beaucoup d'articles dans des revues spécialisées sur ces personnes, elles me font de la peine car elles sont souvent rejetées dans leur milieu familial, au travail et elles ont peu d'amis. Cela ne devait pas être facile pour lui, de faire son «coming out», lança Smith L'a t-il déjà fait je l'ignore ? Le personnel ne devait pas être au courant, ni les actionnaires et associés. Personne n'en a parlé, ou nous l'ont t-ils caché sciemment ?

— C'est étrange que son épouse ne nous ait rien dit non plus, est-ce que je me trompe, souligna Ray, car il avait déjà commencé à prendre des médicaments depuis un mois.

— C'est ce que nous allons découvrir demain matin ; peut-être était-elle gênée, vous savez cela ne devait pas être facile pour elle et son fils. Soyons heureux d'être né dans le bon corps.

— On est de ton avis Arthur.

— J'analyserai plus tard l'ordinateur personnel de la victime que j'ai récupéré à son domicile.

— Merci Ray!

Après avoir terminé leurs rapports Arthur et Robin se dirigèrent vers leur voiture. Abbigail sortit en même temps.

— J'ai appelé Elisabeth, papa. Elle rentre tard ce soir. Je nous ai commandé deux Pizzas que je vais aller récupérer chez *Alfredo*. Pour Elisabeth, j'ai pris un trio de pâtes.

— Merci Abbigail, mon respect pour aujourd'hui, toi et Sacha vous avez assuré !

— Le FBI a appelé, ils ont trouvé le coupable.

— Super nouvelle Abbi, nous sommes fiers de toi et de Sacha. Il est mignon n'est-ce pas ?

— Oh papa, arrête.

Abbigail rougit.

— Je crois qu'il fond pour toi, ahahahaha ! Je te taquine !

— Comment avance l'enquête ?

— Tu sais Abbi, ce n'est que la première journée, et je t'avoue que ce meurtre est des plus mystérieux, cela me laisse perplexe. D'abord, on aurait affaire à deux assassins si l'on prend en considération le serpent qui a mordu la victime. Ensuite, Vermont était en train de vouloir changer de genre. Nous interrogerons demain sa famille pour comprendre pourquoi ils ne nous ont rien dit.

— Est-ce que ses collègues de travail étaient au courant ?

— Non Abbigail personne.

— Bon appétit, merci pour les Pizzas ! Je te dois combien ?

— Tu rigoles papa.

— Bonsoir vous deux !fit Elisabeth en rentrant.

— Bonsoir ma chérie , comment s'est passée ta journée ?

— J'étais très occupée avec ma nouvelle stagiaire.

— Ah oui, c'est vrai tu nous en avais parlé.

— Elle s'appelle Jacintha Moreno, elle est d'origine Italienne. Je la trouve sympathique et compétente. Je suis certaine qu'elle saura me décharger dans mon travail.

— C'est déjà la deuxième que le Palais de Justice embauche, heureusement car les délits ne vont pas en régressant, lança la magistrate.

— On est content pour toi Elisabeth, répliqua Abbigail. On t'a ramené un trio de pâtes. Attends, je vais te les chauffer, tu as l'air épuisée.

— C'est le moins que l'on puisse dire, fit la procureure.

— Merci Abbi, tu es gentille.

Après le dîner Elisabeth et Abbigail rangèrent les assiettes dans le lave-vaisselle. Abbigail mit une machine à laver en route.

— Elisabeth, que veux tu à dîner pour demain, et toi papa ? Et si je nous concoctait un bouillon avec des blancs de poulet ?

— Comme tu voudras Abbigail mais laisse le repassage, suggéra la magistrate, Marianne viendra demain, elle pourra le faire après le ménage.

— D'accord   Madame   La   Procureure !

Vers onze heures les Smith étaient déjà endormis après une journée des plus agitée. On n'entendit plus que le cri de la chouette au loin.

Robin rentra dans leur appartement commun. Mélissa se lança dans ses bras.

— Papa tu m'a ramené des bonbons ?

— Oui ma chérie, mais c'est pas pour maintenant, on passe d'abord à table, tu veux bien ?

La petite fit la moue.

— Allez, viens Mélissa, regarde, je t'ai aussi acheté une poupée !

— Merci papa, je t'aime fort.

— Moi aussi.

— Oh Robin, tu la gâtes de trop.

— Viens par ici Roberta, tiens je t'ai rapporté un bouquet de fleurs.

— Robin ! En quel honneur ?

— Pour te dire que je t'aime et qu'il ne faut pas une journée spéciale pour te le dire. Profitons de chaque instant, car avec cette guerre en *Murani*, on ne sait pas ce que l'avenir nous réservera.

— C'est tellement gentil, moi aussi je t'adore et tu as raison, on n'ose y penser ; comment une personne qui agit comme un dictateur et despote aigri, peut-elle déstabiliser la terre entière ?

— Le pouvoir ma tendre épouse, le pouvoir ! C'est terrifiant, je te le concède.

Les époux s'embrassèrent.

— On passe à table ?

Roberta mit les fleurs dans un vase et servit à manger.

— Spaghettis avec des scampis !

— Miam, fit la petite fille qui se rua sur son assiette.

— Doucement Mélissa, tu vas t'étouffer, lança Robin, personne ne va te voler ton assiette.

Après le dîner, Robin coucha Mélissa en lui racontant une histoire. Les époux firent de même aux environs de 22 heures.

Le lendemain à 9 heures tapantes, les actionnaires et l'associé de Monsieur Vermont avaient pris place dans le bureau de Smith.

— Merci d'être venus, fit Smith. J'aurai encore quelques questions supplémentaires à vous poser avant que vous ne signiez vos dépositions.

— Est-ce que vous trois étiez au courant que Monsieur Vermont voulait changer de genre? Il avait commencé à prendre un traitement.

— Quoi ? Je n'étais pas au courant, s'écria Hampton. Vous croyez que quelqu'un l'a assassiné à cause de sa décision ? Ce serait ignoble.

— On l'ignore pour l'instant.

— Je l'ignorai également, répondit Meinhard. C'est lui qui avait pris cette décision, ce n'est donc pas à moi d'en juger.

— Michael m'en avait parlé, confia Weiss. Vous allez vous demander certainement pourquoi j'étais au courant, contrairement à mes collègues. De toute façon vous allez le découvrir, à quoi bon. Lui et moi étions amants, cependant quand il m'a annoncé son souhait de changer de genre, nous avons rompu. Cela fait environ deux semaines de cela. J'avais mal au coeur, j'étais déçu car c'est son bien être qui m'importait et non le mien.

— Pensez-vous que son épouse ait été au courant de votre liaison ?

— Je l'ignore Monsieur l'inspecteur. Si vous pensez que cela ne va pas l'anéantir, vous pouvez le lui dire. C'est aussi très dur pour elle, je comprends. Je me tiens à votre disposition si vous aviez d'autres questions. J'aimerais pouvoir vous aider d'avantage, sachez que je l'aimais encore.

— Nous allons vous prélever à tous votre ADN pour vous rayer de la liste des suspects, fit Robin.

— Ah, une dernière question, dit Smith ?

— Est-ce que l'un d'entre vous a des connaissances dans la manipulation de serpents ?

— Non Messieurs, répondirent les trois témoins.

— Merci de vous tenir à la disposition de la justice, il se pourrait que l'on ait des questions supplémentaires à vous poser.

— Robin, sais-tu que Charles Hampton a menti ?

— Au sujet du cobra ?

— Oui, j'avais dit à Wilder et Benson de se renseigner au sujet des associés et actionnaires. Hampton travaillait dans un zoo de Johannesburg en Afrique du Sud. Ils ont contacté les autorités locales et figure-toi qu'il savait manier les serpents.

— Hum, c'est une seconde piste, je pense. Quant à prétendre qu'il ait assassiné froidement son actionnaire, il nous faudra le prouver, Arthur.

— Oui Robin, je sais, nous allons faire comme d'habitude, éliminer d'abord toutes les fausses pistes.

On entendit frapper à la porte.

— Bonjour Messieurs Dames ! Prenez place.

— Nous sommes venus signer notre déposition comme vous nous l'avez demandé ! Je vous ai ramené aussi la liste d'amis que mon mari fréquentait.

— Madame, j'ai des questions très délicates à vous poser. Je vous assure de notre discrétion, cependant si nous voulons arrêter le meurtrier de votre époux, cet interrogatoire est inévitable, fit Arthur.

— Allez-y, je vous écoute.

— Etiez -vous au courant que votre mari voulait changer de genre.

— Oui Monsieur l'inspecteur, il m'en avait parlé il y a un mois de cela. Je savais qu'il prenait des hormones et qu'il avait reçu aussi des injections.

— Pourquoi vous ne nous en avez pas parlé ?

— Parce que j'étais anéantie, j'avais mal au coeur, je croyais qu'on allait me suspecter ainsi que mon fils de l'avoir assassiné par jalousie !

— Maman a raison. Moi aussi j'étais au courant. Mes parents voulaient divorcer. Vous savez, maman aimait encore mon père, c'était difficile pour elle. Nous avons accepté le choix de mon père.

— Je comprends, répondit Arthur. Nous ne jugeons personne, nous devons juste élucider ce meurtre.

— Une dernière chose, saviez-vous que votre époux avait un amant ? Je suis désolé de vous infliger cela, nous ne faisons que notre travail.

— Je m'en doutais un peu, je ne suis pas surprise. Il travaillait souvent très tard et parfois il ne rentrait pas. Nos rapports intimes s'étaient également estompés au fil du temps.

— Cette relation était aussi terminée depuis deux semaines.

— Notre mariage était au bord du précipice, il n'y avait plus rien à faire. Je garderais en mémoire tous les bons moments que nous avons passé ensemble.

Robin leur prit leur ADN, puis les Vermont s'en allèrent.

— Qu'en penses-tu Arthur ! Cette petite famille me fait de la peine.

— Je suis certain qu'ils ne mentent pas mais je n'en mettrais pas ma main au feu. Tu sais, cela devait aussi être difficile pour Madame Vermont ainsi que pour son fils. En ce qui concerne Michael, je n'aurais jamais voulu être à sa place, pour rien au monde. C'était courageux de sa part de prendre une telle décision. Malheureusement, nous pataugeons. Reste à savoir si Ray va trouver des informations supplémentaires dans l'ordinateur de Vermont.

La porte du bureau s'ouvrit et celui-ci arriva.

— Quand on parle du diable, s'écria Arthur.

— Vous ne devinerez jamais ce que j'ai découvert ?

— Vas-y, rétorqua Smith, nous sommes curieux !

— Vermont avait certainement découvert des irrégularités dans les comptes. Il avait en copie le dernier bilan de la société et quelques chiffres étaient entourés de rouge. Ce n'est peut-être qu'un contrôle de routine qu'il avait effectué mais je suggère une analyse plus approfondie à ce sujet. Je pense qu'il y des liquidités qui ont été substituées.

— Très bien, j'avais déjà demandé au commandant Alistair de t'envoyer des renforts du commissariat de Police de Brixton. Bob Mac Arthur te sera d'une aide inestimable. Même si Alan et Roberta devront suivre des cours pour te soutenir, il serait vraiment utile que vous soyez deux pour ce travail.

— C'est très aimable à toi Arthur, oui effectivement, je suis seul depuis longtemps à faire ce boulot. Je suis déjà content que Shama ait des connaissances en la matière. Un support serait le bienvenue Je remercierai aussi notre commandant plus tard.

— Je vais appeler Bob pour qu'il vienne te seconder. J'ai le feu vert d'Alistair.

— Arthur, si on allait voir Hampton ? Cette histoire de serpent me donne des cauchemars.

— Je dors très mal en ce moment, entre ce meurtre et la guerre.

— Je comprends or nous ne pouvons que faire notre travail Robin, allez courage. Ne perdons pas espoir.

— Alan et Bob auront du pain sur la planche. Dis-toi bien que, ni Hampton ni l'auteur de falsifications des bilans, s'il y en a eu, ne sont forcément des meurtriers. Je vais appeler Lana.

— Allô Madame Turner, pouvons-nous revenir à votre bureau s'il-vous-plaît ? Nous aimerions réinterroger Monsieur Hampton. Merci.

— Allons-y Robin.

Nos inspecteurs garèrent leur voiture sur le parking de *Teltrust*.

— Lana m'a dit que vous vouliez me poser des questions supplémentaires, allez-y !

— Monsieur Hampton, nous savons que vous avez travaillé dans un zoo à Johannesburg.

— Oui, c'est vrai, je ne vois malheureusement pas le rapport avec le meurtre de Michael.

— Nous oui, s'exclama Robin.

— Nous sommes sûrs que vous savez vous y prendre avec les serpents, particulièrement des Cobra Royals, nos collègues se sont renseignés sur vous. Pourquoi vous ne nous l'avez pas dit. ?

— Parce que vous ne me l'avez pas demandé. Vous m'aurez accusé de suite, je connais vos méthodes.

— Stop ! Nous appelons cela obstruction à une enquête en cours, s'écria Robin. Inutile de prendre des airs supérieurs. Notre police scientifique est en train d'analyser les échantillons d'ADN, nous saurons bien si vous nous avez menti, Monsieur Hampton.

— Mais je n'ai pas menti, je n'ai rien à voir avec le meurtre de Michael, je n'avais aucune raison de lui en vouloir.

— Qui contrôlait la comptabilité de la société ?

— Lana Turner, elle est notre plus précieuse collaboratrice, toujours au top et très empathique. Nous travaillons avec une société spécialisée qui effectue un audit tous les ans. Pourquoi vous me posez des questions sur notre comptabilité ?

— Monsieur Vermont avait peut-être trouvé des irrégularités dans le dernier bilan. Il avait entouré de rouge certains éléments que notre brigade financière vérifie. Nous analysons en ce moment qui pouvait avoir un motif sérieux pour désirer sa mort.

— Ce n'est certainement pas moi.

— Rien ne vous accuse, or rien ne vous innocente actuellement. Vous, ainsi que vos collègues, resterez à la disposition de Scotlant Yard tant que cette enquête ne sera pas résolue. Merci.

— Oui bien sûr, Messieurs.

Ils quittèrent la pièce et s'adressèrent à la comptable.

— Ah ! Madame Turner, avec cet homicide, nous avons oublié de vous interroger, s'exclama Smith.

— Aucun problème, allez-y, je vous écoute.

— C'est bien vous qui vous occupez des comptes de *Teltrust* ?

— Oui c'est moi, mais quel est le rapport avec le meurtre de Monsieur Vermont ?

— Nous suspectons justement des irrégularités à ce sujet.

— Je n'ai rien fait d'illégal. Vous en avez du toupet !

— Un moment s'il-vous-plaît ! Robin tu peux prendre un échantillon d'ADN.

— Je me plaindrai en haut lieu, tempêta Lana Turner rouge de colère.

Tout à coup, le téléphone de Smith sonna.

— Oui Ray qu'as – tu découvert ?

— C'est ce que je craignais, vous êtes certains que c'est elle qui a fait le coup toute seule ? Bien nous allons continuer l'interrogatoire. Merci à vous deux ! Oui oui, j'aimerais voir les preuves au plus vite.

Ray entra dans le bureau des inspecteurs et remit les documents accablants aux inspecteurs.

— Madame Turner, cessez vos menaces, répondit Smith. Descendez de votre piédestal. On vous accuse de falsification de comptes, de faux et d'usage de faux. Notre brigade financière vient de me le confirmer.

— Je n'ai rien à me reprocher, je suis une femme intègre !

— Oh, pas autant que cela. Il y a 300.000 Livres qui manquent dans les liquidités. Comment vous expliquez cela, aviez-vous besoin d'argent ? Pour quel motif, Madame Turner ? Si jamais notre brigade scientifique retrouve vos empreintes sur le vase Mingh vous aurez besoin d'un bon avocat pour vous défendre. Et pour conclure vous aviez les clés, tout vous accuse

Madame ! Une dernière question, comment cela se fait-il que vous soyez de retour le lendemain, vous vouliez fuir la veille, non ? C'est bien cela ?

— C'est l'agent de sécurité qui m'a appelé à 7 heures du matin, répliqua Lana. Il m'a dit qu'il y avait un serpent dans le bureau de Michael. Comme je n'en avais pas mis, je voulais avoir la certitude que c'était une autre personne qui avait assassiné Michael. Si vous saviez comme je regrette mes actes ! Puis-je appeler notre avocate, Messieurs ?

— Bien sûr, faites !

— Je ne dirais plus rien sans l'avoir consultée.

— Puis-je avoir un verre d'eau, s'il-vous-plaît ?

— Tenez.

Une dizaine de minutes plus tard, maître Samantha Miller rentra dans la pièce.

— Bonjour Messieurs, je suis Samantha Miller, et je représente les intérêts de Madame Turner. Puis-je m'entretenir un instant avec ma cliente.

— Bien évidemment, je vous ouvre le bureau d'en face. Quand vous aurez terminé, avertissez-nous.

Une quinzaine de minutes plus tard la magistrate sortit avec sa cliente. Cette dernière avait les yeux cernés, de grosses larmes coulaient le long de ses joues. Son air hautain et arrogant avait totalement disparu.

— Mon avocate m'a suggérée de jouer cartes sur table. Donc, oui Monsieur Vermont avait découvert que j'avais trafiqué les comptes. Je suis une joueuse compulsive, alors j'ai volé dans la caisse. Quand Monsieur Vermont m'a convoquée, j'étais paniquée ; j'ai pris le premier objet à portée de main et je le lui ai lancé à la tête. Quand je suis sortie du bureau, il respirait encore. Il était seulement étourdi. J'ignore si quelqu'un d'autre m'a vue, ou a profité de mon acte pour glisser le serpent dans son bureau. Je n'ai pas utilisé un cobra royal, de toute façon j'ai peur des reptiles, je n'aurais jamais su comment les tenir. Je voulais m'enfuir, donc j'ai rassemblé mes affaires. Je savais pertinemment que mon licenciement allait m'être annoncé. Comme je vous l'ai dit, l'agent de sécurité m'a appelé le lendemain pour m'annoncer la mort de Michael.

— C'est étonnant que Vermont n'ait pas appelé la police pour qu'elle vous arrête le soir même.

— Cela m'a étonné aussi, répondit Turner. Je n'avais plus la force de partir, j'étais affolée, j'avais énormément de regrets, mais le mal était fait !

— Vous souvenez-vous s'il y avait encore du monde dans l'entreprise ? Quelle heure était-il quand vous avez quitté *Teltrust* ?

— J'étais tellement anxieuse car je m'en voulais beaucoup. Pour les présences, je crois me souvenir que j'ai vu Hampton et Weiss en sortant. Il devait être 19 heures. Tous les deux travaillaient dans leur bureau. Eux aussi, restaient souvent la nuit, la concurrence elle ne dort pas non plus.

— J'assume mon geste cependant je n'ai pas assassiné Michael. Je ne me pardonnerai jamais ce que j'ai fait. Mon avocate m'a convaincue de me faire soigner pour mon addiction au jeu. Il me reste heureusement encore 150.000 Livres que je vais restituer à *Teltrust.*

— Pour l'instant, vous serez accusée de tentative d'assassinat, de faux et d'usage de faux. Je connais très bien Madame Miller, c'est une excellente magistrate. Je suis certain qu'elle vous défendra bec et ongles pour réduire votre peine. Pour l'accusation, elle plaidera peut-être la peur et la tentative l'homicide sera changée en coups et blessures involontaires sans intention de donner la mort.

— Vous auriez fait un excellent avocat inspecteur Smith, lança Miller, chapeau !

— Oui maître, c'est exact, j'aurai essayé d'être juste, cela n'est pas toujours facile.

— Est-ce que je peux accompagner ma cliente devant le juge d'instruction ?

— Bien sûr, je n'y vois pas d'objection.

— Je propose que notre brigade scientifique contrôle une fois de plus les entrées et sorties de *Teltrust,* proposa Arthur. Ils n'ont rien vu de suspect, j'espère qu'il ne manque pas une partie des enregistrements ?

— Oui Arthur, je suis de ton avis.

— Allô, oui Elisabeth, nous avançons à petits pas. Nous avons découvert que Lana Turner s'était servie dans la caisse. Elle a subtilisé 300.000 Livres et a lancé le vase Mingh à la tête de Vermont ; cependant nous sommes certains qu'elle n'a rien à voir avec le serpent. Elle a agi sous le coup de la peur. Nous allons revérifier les cassettes de vidéo-surveillance. Il manque peut-être une partie des enregistrements, sait-on jamais. Turner a affirmé que, quand elle a quitté le bureau vers 19 heures, Weiss et Hampton y étaient encore. Rien ne les accuse mais rien ne les innocente non plus. Bonne nouvelle, puisque Turner avait gardé la moitié du vol, elle restituera par ailleurs les 150.000 Livres à sa société. Bien, à ce soir. Moi aussi je t'embrasse.

— Je commence à avoir faim Arthur, où va t'on déjeuner ?

— Si on allait chez *Teresa,* la pizzeria italienne.

Elle n'est pas très loin.

Soudain, la porte s'ouvrit. Ce furent Roberta et Abbigail qui entrèrent.

— Nous avons faim, où allez-vous déjeuner ?

— Chez *Teresa,* la petite pizzeria au coin de la rue, cela vous dit ?

— Shama ne vient pas, elle est en train d'étudier la comptabilité. Elle passe bientôt ses examens.

— Oh Ray sera ravi, lança Robin, quelle bonne nouvelle.

— Allez c'est parti, fit Abbigail.

Un quart d'heure plus tard toute l'équipe était attablée ! Des petits napperons rouge et blanc ornaient des tables en bois. Quelques bouteilles de Chianti servaient de bougeoirs et de la cire de couleurs multiples avait déjà coulé le long des bouteilles. Nos enquêteurs commandèrent leurs menus respectifs.

— Alors Arthur, fit Roberta, on fait le point.

— Bien, je commence, répondit Smith. Lana Turner a été écrouée, vous le savez tous. Elle avait volé les 300.000 Euros dans la caisse de *TELTRUST*. J'ai vu le bilan de cette entreprise, elle est saine. Turner va restituer la moitié de la somme volée donc 150.000 Livres. Même si elle a jeté le vase à la tête de Vermont, elle n'est pas son assassin car apparemment elle ne sait pas manipuler les reptiles. Elle voulait fuir le lendemain, mais à 7 heures du matin, l'agent de sécurité l'a appelée pour lui annoncer que Vermont avait été mordu par un Cobra Royal. Elle peut s'estimer heureuse que Vermont n'ait pas porté plainte de suite. Je suppose qu'il voulait arranger les choses à l'amiable, le pauvre n'en a plus eu le temps. L'associé et les actionnaires ont tous un alibi solide, nous avons vérifié. Nous avons interrogé aussi

Hampton, un des actionnaires. Il a travaillé dans un zoo à Johannesburg donc il savait manier les serpents cependant cela ne fait pas de lui systématiquement un meurtrier. Quant à Weiss, c'était son amant. Lorsque Vermont lui a appris son projet de transformation, ils ont rompu. Etait- il déçu ou en colère ? A première vue, non, cependant je ne mettrais pas ma main au feu pour lui.

— Il ne nous reste plus qu'à interroger un ami du couple, reprit Robin. Peut-être nous en apprendra t-il d'avantage ? Nous avons questionné sa famille qui était triste, tout en semblant encaisser le choc et prétendant l'accepter. Je dis bien «semble» car on ne voit pas dans la tête des personnes, malheureusement. Vermont, d'après les témoignages, était apprécié par ses actionnaires, et par le personnel.

— Ah, j'avais oublié, où en sont les résultats de l'analyse de la vidéo surveillance ? demanda Arthur.

— Alan est dessus, il m'a dit qu'il y avait des parties qui avaient été effacées mais qu'il essayait de les récupérer, cela peut durer un peu plus longtemps.

— Très bien, merci Roberta.

— Nous avançons à petits pas néanmoins une partie de l'énigme est déjà résolue, commenta Arthur. Notre «*Miss Money Penny*» alias Lana Turner, comme nous l'avons appelée est sous les verrous, ahahaha !

Tout le monde se mit à rire. Le serveur apporta les mets qu'ils avaient commandé.

Abbigail ainsi que son père avaient pris un trio de pâtes, Roberta et Robin deux pizzas au jambon-champignons.

— Bon appétit tout le monde, cria Arthur.

— A toi aussi !

Une heure plus tard, Arthur et Robin allaient voir l'ami de Michael, un certain James Owens. Le portable d'Arthur si mit à sonner.

— Bonjour Clay comment vas-tu ? Très bien, je te félicite, je suis fier de toi. Non, demain ce n'est pas possible, j'ai un meurtre à résoudre avec Robin. Tu pourras passer chez nous, Elisabeth et Abbigail sont à la maison à partir de ce soir, d'accord ? Je te vois samedi dans la soirée et on ne travaillera pas dimanche. Moi aussi je t'embrasse.

— Clay a gagné le concours de dessin de son école. Je suis très content.

— Dommage que l'on doive travailler samedi, fit Robin or nous sommes habitués à jongler entre notre travail et notre vie privée, ce ne serait pas la première fois.

— Clay ira chez Elisabeth, d'ailleurs ils s'entendent à merveille, heureusement. Mon fils est un artiste responsable. Tu sais Robin, si c'est sa voie, je ne peux pas l'en dissuader. Nous verrons comment on l'aidera pour son travail. Quant à Abbi, elle n'a pas changé depuis ses 12 ans, elle aide où elle peut et ne se plaint jamais. Ce n'est pas parce que c'est ma fille mais elle est très agréable et serviable. Crois-moi je suis heureux qu'elle s'entende bien avec Elisabeth et que sa dispute avec Béatrice soit terminée. Cela me soulage.

— Elle ne rechigne pas quand on lui demande quelque chose. Il est grand temps qu'elle vienne sur le terrain, je crois qu'elle s'ennuie au bureau à remplir la paperasse. Dans un peu plus d'un mois, elle sera soulagée, seulement, il n'est pas question que je fasse une différence par rapport aux autres stagiaires.

— Oui c'est ce que j'ai pu comprendre.

Nos inspecteurs garèrent leur voiture devant le numéro 12 de Kingdom Road.

— Bonjour Monsieur Owens, merci de nous recevoir. Nos condoléances pour la perte de votre ami.

— Merci, veuillez vous donner la peine de rentrer, Messieurs. Comment est mort Michael ?

— Il a d'abord été assommé avec un vase Mingh, puis le vrai meurtrier a glissé un Cobra Royal dans son bureau. Le pauvre diable est mort dans d'affreuses souffrances.

— Mon Dieu, il ne méritait pas cela. C'était quelqu'un de jovial et d'aimable.

— Aviez-vous remarqué quelque chose d'anormal ces derniers temps quant au comportement de votre ami ?

— C'est le moins que l'on puisse dire, confia James.

— Comment cela, expliquez-vous, Monsieur, interrogea Smith.

— Vous êtes au courant de sa volonté de vouloir changer de genre. Il souhaitait être une femme depuis longtemps, et enfin il avait trouvé le courage pour franchir le pas de sa transformation Je l'ai toujours encouragé dans ce sens, pourtant tout le monde n'était pas de cet avis !

— Que voulez-vous dire par «pas tout le monde» ?

— Sa femme et son fils étaient hors d'eux ! Elle l'a giflé, son fils ne lui parlait plus, mais attention, cela ne veut pas dire que j'accuse sa famille de quoi que ce soit, je cite simplement des faits, Messieurs.

— Tiens, c'est étrange, quand nous les avons interrogés, ils disaient qu'ils avaient accepté la situation.

— Ce n'était pas le cas, Monsieur l'inspecteur en chef, je vous l'assure. J'avais suggéré à Michael de déménager au plus vite, hélas il n'en a plus eu le temps, je le regrette sincèrement. Je travaille pour l'association *SOS TRANS* je sais de quoi je parle. J'ai aussi changé de genre il y a cinq ans. J'étais une femme avant. Vous ne pouvez pas vous imaginer le nombre de personnes qui se font maltraiter physiquement ou psychiquement. Si vous avez besoin de moi, je reste à votre disposition.

— Merci beaucoup pour votre aide, si vous pouviez vous libérer ce soir vers 17 heures, pour signer votre déposition ? Merci.

— Bien sûr, j'y serai, n'ayez crainte.

Robin et Arthur se fixèrent puis sortirent de l'immeuble.

— Je suis scotché, fit Robin.

— Moi aussi, répondit Arthur.

— Attention Robin, ce n'est pas parce que sa famille n'a pas accepté son changement de genre qu'ils l'ont assassiné. C'est à nous de prouver s'ils sont soit coupables soit innocents.

— Mais comment va t-on s'y prendre, on n'a aucune preuve pour les accuser de quoi que ce soit.

— Nous devons attendre Alan et ses conclusions, je suis pratiquement certain qu'il y a une partie de cette vidéo qui a été effacée.

— J'espère que tu as raison Arthur, je le souhaite.

Soudain, le portable d'Arthur se mit à sonner.

— Ah quand on parle du diable !

— Alors Alan, qu'as tu découvert ?

— Il y avait effectivement une partie de l'enregistrement de la cassette qui avait été effacée. J'ignore cependant par qui. J'ai pu reconstituer la partie manquante, on y voit un homme cagoulé avec, à la main, un panier recouvert. Cela se pourrait fort bien que ce soit votre Cobra Royal qui s'y trouvait.

— Alan es-tu certain que c'est un homme ?

— Non pas à 100 pour cent, le visage est couvert entièrement par un masque et le suspect porte une capuche.

— On arrive, vois si tu peux avoir plus d'informations.

— Comme si c'était pas déjà assez compliqué, se lamenta Robin.

— Robin, ne t'ai-je pas appris à ne pas abandonner en route ?

— Oui Arthur, excuse-moi, cette sordide histoire me fait perdre mon sommeil. On rentre au bureau ?

— Oui allons-y, je sens que l'on va avancer à grands pas.

— Abbi que fais-tu là, en train de visionner la cassette avec Alan ?

— Arthur, votre fille vous ressemble, elle peut être persuasive !

— Papa excuse-moi, j'ai terminé le classement et la rédaction des infractions mineures.

— Tu es terrible, Abbi, bientôt je vais t'attacher à ta chaise pour que tu restes tranquille !

Tout le monde éclata de rire.

— Hum, cela ne se présente pas très bien, remarqua Robin. On ne distingue pas grand-chose. Le suspect porte aussi des gants.

— Je vais appeler Roberta et Shama pour qu'elles analysent encore une fois la scène de crime, le bureau de Vermont est encore sous scellés. L'assassin a peut-être laissé quelque part des empreintes mais elles peuvent aussi avoir été introduites des jours avant. Il faudra quand même revérifier tout cela puisqu'il n'a pas récupéré son serpent.

Arthur prit son téléphone pour appeler Roberta.

— Tu as d'autres informations, papa ?

— Oui, nous avons rendu visite à un ami transgenre de Monsieur Vermont. Apparemment, sa famille lui en voulait beaucoup d'avoir commencé son traitement.

— Hum, vous allez devoir prouver tout cela avec des indices solides à l'appui.

— C'est le moins que l'on puisse dire, répondit Robin cependant ce n'est pas dit que ce soit la famille qui ait supprimé la victime. On restera prudent. Tu ferais une bonne juge d'instruction Abbigail, ahahaha !

— Ce n'est pas encore trop tard ! Tu n'appelles pas Elisabeth, papa, pour coincer la ou le meurtrier ?

— Non Elisabeth nous a donné carte blanche, elle a pas mal de travail avec sa stagiaire donc j'évite de lui imposer cela. Tu pourras nous aider or pas de risques Abbigail, tu entends.

— Oui, papa t'inquiète, je gère ! s'écria Abbigail qui laissa éclater sa joie.

— Bon, allons voir les suspects, fit Arthur.

— Robin, ne t'inquiète pas, tu verras tout va bien se passer.

— Et si ce n'est pas eux, que fait-on ? As-tu déjà un plan Arthur ?

Le portable de Smith sonna, c'était Roberta.

— Arthur, nous avons bien fait de revérifier la scène de crime ! Nous avons retrouvé les empreintes partielles de Jason Vermont.

— C'est réconfortant cependant elles auraient pu être déposées avant le meurtre. Son fils est peut-être venu lui rendre visite.

— Je ne crois pas Arthur. Elles se trouvaient en -
dessous de la poubelle du bureau de Vermont. Or,
qu'est-ce qu'elles faisaient là ? Je suppose qu'il voulait
attraper le serpent qu'il avait ramené pour achever son
père. Heureusement que tu nous a fait analyser la scène
de crime une deuxième fois.

— Merci Roberta pour le bon travail d'équipe.

— Excuse-nous Arthur, on fera plus attention la
prochaine fois.

— Il n'est jamais trop tard pour bien faire, ne
t'inquiète pas Roberta, je ne suis pas parfait non plus.

— Voilà Robin, le suspect nous est présenté sur
un plateau d'argent.

— C'est le fils ?

— Oui, un parricide, tu te rends compte ! Allons revoir la famille une seconde fois.

Les enquêteurs garèrent leur voiture en face de la maison des Vermont. Ils entendirent une violente dispute entre les membres de la famille.

— Tiens Jason, vous vouliez nous quitter ? l'interpella Arthur.

Le jeune homme voulut fuir mais grâce à Abbigail et Robin, sa fuite devint impossible. La fille de Smith lui fit un croche-pied et Robin lui mit les menottes.

— Je n'ai rien fait, laissez-moi tranquille !

— Jason voulait s'enfuir, il m'a tout raconté car je ne l'ai plus lâché d'une semelle ; je voulais l'en empêcher, je n'aurais jamais crû qu'il haïssait à ce point son père. Je suis anéantie, gémit Cathy. Je viens de

perdre deux êtres que j'aimais.

— Je veux parler à un avocat, hurla le jeune

homme.

— Il vous en sera commis un d'office. Jason

Vermont je vous arrête pour suspicion de meurtre sur la

personne de votre père Michael Vermont ! Vous pouvez

garder le silence car tout ce que vous direz pourra être

retenu contre vous.

— Dois-je vous accompagner Messieurs,

demanda Cathy en pleurs.

— Non ce n'est pas nécessaire, répondit Arthur.

Si nous avions encore des questions, on s'adressera à

vous. Merci de ne pas quitter Londres. Vous pourrez

venir rendre visite à votre fils dès qu'il sera incarcéré. Je laisserai des consignes au juge d'instruction et à Madame la Procureure.

— Merci inspecteur en chef !

Quelques minutes plus tard, maître Terry White s'entretint avec Jason dans les bureaux de Scotland Yard.

— Mon client veut coopérer avec les forces de l'ordre, fit l'avocat.

— Donc Jason, expliquez-nous ce qui s'est réellement passé. J'ignorais que vous saviez manipuler les reptiles. Lors de la première perquisition, nous n'avons pas trouvé votre ami.

— Mon père me traitait toujours avec mépris. Il aurait souhaité que je travaille avec lui comme actionnaire or je n'en avais pas envie. Je ne vous ai pas raconté la vérité. Le jour où il a annoncé à maman sa transformation de genre, il a détruit ma mère. C'est pour cette raison que je lui en ai voulu et rien d'autre. Avec son dédain je pouvais vivre. Il avait annoncé, d'ailleurs, qu'il ne financerait plus mes lubies.

— C'est vous que l'on aperçoit sur les caméras de surveillance ?

— Oui, je savais comment trafiquer la bande. Quand je suis rentré dans son bureau, j'ai vu qu'il travaillait mais qu'il avait une plaie à la tête. Il m'a tout de suite crié dessus. Je n'ai plus hésité ensuite j'ai lâché *Sniper,* mon cobra royal. Je l'avais caché dans une caisse au grenier, il y a une trappe qui y mène.

— Nous avons trouvé vos empreintes partielles en dessous de la poubelle de votre père.

— Oui, j'avais omis de remettre mes gants, les serpents n'aiment pas être touchés avec. Dans l'affolement il s'est caché et moi j'ai pris la fuite. Je regrette ce que j'ai fait, je sais aussi que c'est un crime prémédité donc je risque de rester de nombreuses années derrière les barreaux. Vous croyez que maman va venir me voir en prison ? J'ai entendu ce que vous lui avez proposé, c'est la première fois que j'ai affaire à un policier empathique.

— Ne vous inquiétez pas, je pense que votre mère vous aime quoique vous ayez fait. Vous l'avez fait pour elle. Je l'appellerai dans mon bureau pour lui parler si elle refuse. Je ne vous promets rien, je peux juste essayer.

— Pensez-vous que je puisse me rendre utile en prison, j'aimerais faire du bien, cela me soulagerait ? Mes remords vont me poursuivre toute ma vie.

— Pour les regrets il fallait y penser avant jeune homme mais vous pourrez en parler au directeur de la prison, il y a de nombreux petits jobs qui sont proposés, ne vous inquiétez pas. Vous allez être déferré devant le juge d'instruction, vous verrez aussi Madame la Procureure. Votre avocat aura du pain sur la planche !

— Merci Monsieur l'inspecteur en chef. Dommage que papa ne fut pas comme vous.

— Jason, j'ai aussi mes défauts, comme tout le monde. Je suis convaincu que votre père vous aimait. Malheureusement, il n'est plus là pour vous le confirmer. J'essaierai de venir vous voir. Bonne chance, souvenez-vous, la violence et la haine n'arrangent pas les choses.

— Au revoir inspecteur Smith. Vous avez raison, c'est trop tard maintenant, le mal est fait !

— Oh papa, il me fait un peu de la peine, Jason, je ne sais pas pourquoi.

— Il a été méprisé toute sa vie par son père et puis il voulait protéger sa mère. C'est une histoire de famille compliquée, Abbigail. Au fait, bravo pour le croche-pied, heureusement que le suspect n'était pas armé.

Une heure plus tard, on entendit frapper à la porte. Clay et Elisabeth entrèrent.

— Bonjour papa, vous avez réussi, hurrah !

— Bonjour fiston, nous sommes enfin à toi ! Un meurtre résolu en deux jours, c'est super !

— Ah ma chérie, bonjour comment vas-tu ?

— Depuis quand mon mari refuse que je l'accompagne sur les scènes de crime ? Ai-je une remplaçante, en l'occurrence Mademoiselle Abbigail Smith ?

— Oui Elisabeth, pardon or tu es tellement occupée avec ta stagiaire, on ne voulait pas te déranger.

— Robin lui a mis les menottes, lança Abbi.

— Je n'ai pas réussi à l'attacher à la chaise et hop elle était déjà dans ma voiture. Tu aurais dû voir le beau croche-pied qu'elle a fait au suspect. Bravo ma fille !

— Depuis quand les stagiaires peuvent intégrer une scène de crime, Arthur ? Elle cligna de l'oeil.

— Tu as raison mais tu connais Abbigail. Elle s'ennuie tellement avec la paperasserie, d'autant plus qu'elle avait tout terminé. Dans un mois elle sera officiellement intégrée à notre groupe !

— Oh oui elle te ressemble, ahahaha ! Je la connais très bien, s'exclama Madame la Procureure.

— Je suis contente que vous ayez résolu ce crime. J'ai lu le rapport que vous m'avez envoyé. C'est une histoire très triste, un parricide.

— Bien pour aujourd'hui. On va dîner où ce soir ?

— Et si on allait au *New Zen*, Trafalgar Square ? proposa la magistrate.

— Oui c'est chinois, j'aime bien, s'écria Clay. Papa je suis content que tu ne travailles pas demain.

— Et moi donc !

— Moi, cela me va également, fit Abbigail.

C'est ainsi que se termina cette triste histoire d'un crime abject perpétré par le fils de la victime. Trois vies furent détruites subitement. Comme disait Smith, la haine et la violence n'arrangent jamais les choses.

Ce roman est issu de la pure imagination de

l'auteure . Les personnages et situations ont été inventés

de toute pièce. Toute ressemblance serait due au fruit du

pur hasard.

Je remercie Marie - Josée pour sa patience et

son aide. Mes amis, connaissances et lecteurs pour leur

soutien. BoD qui m'a permis d'être éditée.